KB250436

호수 빼기 참새

시인의일요일시집 **036**

호수 빼기 참새

초판 1쇄 펴냄 2025년 7월 30일
초판 2쇄 펴냄 2025년 10월 31일

지 은 이 이신율리
펴 낸 이 김경희
펴 낸 곳 시인의일요일

표지·본문디자인 이율디자인
경영지원 양정열

출판등록 제2021-000085호
주   소 경기도 용인시 기흥구 연원로42번길 2
전   화 031-890-2004
팩   스 031-890-2005
전자우편 sundaypoet@naver.com
블 로 그 https://blog.naver.com/sundaypoet

ISBN 979-11-92732-28-2(03810)

값 12,000원

호수 빼기 참새

이신율리 시집

| 시인의 말 |

마카롱 마카롱 길이 생길 거라고
믹부전나비에서 전 개이 파랑까지

실월 도지문화관에서

차례

1부

2부

3부

1부

콜록콜록 사월

배꽃이 질 때까지 나는, 사월이 하는 일을 보고만 있었다

날씨가 변덕스럽다고 발이 작은 운동화는 팔지 않았다 참외에서 망고 냄새가 났다 사월이 콜록거렸다

푸른 것은 더 푸른 것끼리 속아 넘어가고 흰 것은 흰 것끼리 모였다 배꽃 같은 나이를 뒤적거렸다 달아나지 않으려고 세 칸짜리 사다리를 오르내렸다 하루가 갔다

하늘은 내일이 오지 않아도 된다고 했다

배꽃의 잔소리가 4차선 도로까지 따라왔다 노래하나 물고 새가 날아갔다 잃어버린 가사가 둥둥 떠다녔다

손을 흔들어도 버스는 지나갔다 초록 티셔츠를 입은 울창한 숲이 아무도 모르게 헛발질했다 떫고 신 것들이 툭툭 나이만큼 떨어졌다 열다섯 살에 잠갔던 배꽃이 먼 쪽에서부터 피기 시작했다

구름 뒤에서 나는 미끄러지지 않는 숲을 찾고 있었다

염소

봄이 오면 아버지는 염소 새끼를 끌고 왔지 팔랑거리는 내 다리를 묶었어 냉이꽃 들판을 휘돌아 쳐도 심통은 풀리지 않았지 염소는 뒤꼍에 꽁꽁 묶어놓고 닭장 속에 갇힌 거위 등에 올라타 마징가 제트처럼 날고 싶었지 뿔 자리가 아직 벌어지지도 않은 애송이가 꼴에 대가리를 번쩍 쳐들어 내 봄을 파먹었어 딱 한 번이라도 배때기를 걷어차 풀밭에 쫙 뻗었어야 했는데 그때 내 눈엔 네가 아버지로 보였어 수업료 안 냈다고 벌서던 일이 자꾸만 떠올랐거든

*

하얀 꽃은 모두 구겨 삼키고 싶다 구름 아래서 냉이꽃을 꺾는다 최신 가요에 맞춰 춤을 추면 봄비가 내릴 거라고 점점 하늘이 내려오고 뿔이 딱딱해지기 시작했다 웃음소리가 지겹다고 화성으로 날라버린 그를 찾으러 갔다 그는 쭉 빠진 알파고 옆에 끼고 앉아 화산에서 감자를 굽고 있었다 나는 순하게 수염을 쓸어내리면서 지하철 2호선 티켓을 보여줘도 그는 돌아오지 않았다

*

굽 높은 발이 냉이꽃은 밟지 않았다 풀밭에 누워 우리 화
성의 기운이 넘치는 염소자리나 찾아볼까 아니면, 뿔과 혼
선된 리모컨을 만지작거리면서 매리너스 협곡에 투망을 던
질까

그림 편지

아이는 열두 컷 편지를 가졌다 그것은 열두 잎을 가진 나무의 이야기

아무도 오지 않는 저녁 잎사귀 끝에서 울면 북쪽이 될까

쌀을 씻고 침묵을 씻어내면 늙은 개처럼 차분해질까

편지는 어디든 갈 수 있다 붉은 꿩이 날아간 방향이라면

이파리들은 구름 한 채 짓고 아이는 기린이 되고 지붕에 걸린 연을 보느라 편지지 밖으로 발이 빠지고

살구나무가 좋아
저녁으로 사람들이 고인다고 아이가 그림 속으로 들어간다

거기, 내가 화분마다 물을 준다 고장 난 시계태엽을 돌리고 저녁도 없이 밤을 부른다

어둠이 발등에 차린 밥상, 물컹한 가지조림을 먹고 찬물
을 마신다 찬물은 나를 빤히 올려다보고

식탁 끝이, 언제부터 절벽이었나 생각할 때
멀리서 달려오는 편지가 내게 팔베개를 한다

별을 그리면 손바닥만 하게 커지는

그 저녁이 우리 속으로 들어오는 것을 나무라 불러야 하나

열두 그림 속에서 잎사귀만 한 아이가 손을 흔든다

오늘까지만 1,900원

오늘까지가 서쪽까지란 말과 같다고 생각하십니까 셀 수 없는 방향이면 또 어떻습니까 층층 포도나무 사다리에 동전 파스를 붙였습니다 습관입니다 이럴 때 부는 바람을 편서풍이라고 불러도 되겠습니까 부추꽃이 피기 시작합니다

부추는 밤에 자랍니다 이곳엔 아무도 자라지 않습니다 아홉 번 밤을 베어내면 봄날이 가는 걸 아십니까 잘 있으란 말은 몇 번째 봄날입니까 유기농의 불편한 진실과 무농약은 생각이 같습니다 그런데 베이킹파우더와 사과 식초는 왜 다른 저녁입니까

일곱 시를 이쪽으로 옮겨 심어도 되겠습니까 붉어서 말이 없습니다 토마토를 올리브기름에 볶으면 자장면 냄새가 납니다 숲에서도 자장면 냄새가 날 때 있습니다 무알코올 칵테일이 콜라보다 낫다는 말입니다 일곱 시에 포함된 버찌가 익을 무렵입니다

한강과 저녁의 발음이 같은 날입니다 일곱 시에 불을 켜는

가로등이 환절기를 알겠습니까 흑백의 노을을 기억하겠습
니까 나비가 부추꽃으로 날아옵니다 1900원만큼 오늘이 살
아납니다 어둠 속에서 울창해지는 것들이 있습니다

벌써 지웠어요

기차가 지나가면 수확 시간입니다 노래는 짧고 수학은 고요합니다 후반부 건조한 공식에 간격을 맞추고 마개를 닫아 주세요 일요일엔 그림자가 없습니다

곤충 채집 시간 잠자리와 드론을 띄우는 나는 화가입니다 빈칸을 수배중입니다 립스틱 색깔은 바꾸고 한 눈금 충전하시겠습니까 숙취에 소인을 찍다 엉뚱하게 벨을 지웁니다 무관심한 백합이 피기 시작합니다

컬러링을 바꿨습니까 존댓말은 여기까지입니다

신문 A면이 동트기 전입니다 서리가 내리는 2행시를 짓고 기획 상품에서 흠집을 찾겠습니까 여독은 시계탑 아래 두고 직립하는 단어는 화상 파일에서 지웠습니다 동그라미만 동그랗게 그려도 필체가 괜찮아 보이던 때, 반숙 달걀을 평등이라고 우기면 기울어지는 프레임에서 15포인트 벗어날 수 있습니다

비행운처럼 파랑에서 탈퇴하라 구조신호는 눈 속의 사냥
꾼이 지운다

열매 많은 가지가 부러지겠습니까 주파수를 맞춘 7번 국
도에서 얼굴이 긴 여자는 추월했습니다 파라솔 아래 노숙하
는 단어 좀 반으로 줄여보겠습니까 비비크림을 지운 맨얼굴
도 괜찮습니다 다 지웠어도 레인보우 치즈 셀카는 지워지지
않고 남아있습니다

사다리꼴 삼각형

날아올랐는데 컵이었냐고 묻습니다 눈 속에서 자몽주스
가 깨졌습니다 낙하를 꿈꾸다 뾰족한 것들은 나이를 숨깁니
다 컵 받침 아래 감춘 스커트가 날립니까 쓸데없는 부분에
서 감정이 터집니다 날아오르는 것에 X표를 칩니다 깨진 컵
에 관심 있습니다

셔틀콕이 토요일 오후까지 날아갑니다 뒤로 걷기 시작입
니다 해당화를 이마에 붙이고 수리수리 연애 심리 테스트라
도 받아보겠습니까 깨진 컵과 똑같은 컵을 찾아다니는 것도
수리입니다 충분한 높이에 테이핑을 해주세요 붉은 스티커
가 조용해집니다

몇 개의 귀가 살아납니까 신호등이 깜빡거립니다 깨진 컵
의 기분입니다 흐리다 맑음입니까 밤의 중간입니까 온도를
올리는 중입니다 흰색 털실로 컵을 짜야겠습니다

컵에 맺혀있던 햇빛 조각은 날아갔습니다 폭죽이 터지는
밤으로 가고 있습니다 걷다가 날아오르는 높이에 환호하는

나는 내성적입니다 내가 컵을 깨는 꿈은 아무리 생각해도
길몽입니다

바삭바삭 서커스

코끼리가 귀를 펄럭거려요 귀찮은 파리 때문에 얼른 날아야겠어요 믿지 못한다면 엘레판타 아일랜드로 돌아가세요 몸무게는 별 상관없어요 코코넛을 깨고 건강하게 번지는 점프

달걀 침낭에서 빠져나와 공중 돌기 텀블링은 아찔하죠 멜론 한 통 먹고 천막 꼭대기까지 날아보겠어요 환기통이 멀리 있네요 바닥이 탄력 있게 미는 바람에 노른자에 다리가 빠졌어요 줄넘기 자세로 일어났죠 휘파람 소리 맞춰 기침했어요

아찔할 때 그때, 길을 끌어당기는 중이에요 길을 줄여야겠어요

말 안 듣는 원숭이를 제쳐두고 외줄 탈 차례예요 초반부터 박수갈채 쏟아져요 수다스러운 발바닥이 조용해지길 기다리죠 허수아비처럼 서 있으면 안 돼요 부채를 펼쳐 집중해야죠 바람 소리가 점점 커지네요 뒷걸음질은 필수죠 발바

닥을 수정할게요 다음번엔 물구나무서기를 선보이겠어요
활짝 편 부채가 접히질 않아요

  헛소문을 넘기듯, 뒤꿈치를 든 평발이 줄을 끌어당기고
있어요

별사탕 자석다트게임

초록은 중요해
휴양림에 당첨된 것처럼

여덟 번 던져봐
여름을 뒤집는 이파리를 향해
비행기 소나무 멀리뛰기 콩잎 방과 후 초록은 5점

문제 어렵게 내지 마세요
초록에 걸친 나이테는 인정해 주세요

아버지는 콩국수를 먹고 나왔습니다
어디를 향해 던지시나요 꽝입니다
기념일이 어제라서 오늘 아닌가요?
뭉게구름 몰려옵니다

보디가드 3000총은 날아갔습니다
화약으로 골랐어요 터지지 않고 번쩍거리네요
죽어가는 사과나무를 베어버리고 싶은 날이에요

그래도 선물은 쏟아져 인중 긁지 말고
집중하는 손끝에 비비탄을 심어봐

니는 쑥쑥 자라고 다트판은 멈추시 않고

유전자 가위로 기념일을 편집할까요
설탕물 먹고 자라는 별사탕을 굴리면서
6일 동안 엄마를 키워요 오천 원이 자랄 때까지

아버지도 총을 가져본 적 있나요
몇 번 던져서 내가 태어났나요
몇 점짜리 나를 뽑았나요

나를 기다리는 선물은 서로 잡아먹지 않는 물고기 같이요
자꾸 던져보세요 등 푸른 자세로 기끼이는 뜨거워요
엄마가 별사탕을 먹고 나왔습니다 오늘은 기념일 5점

쌍권총 포즈에 모자이크 부탁해요 혈압 높은 아버지도 함
께 던져요

5분간 정차합니다

화분 속에서 민들레가 쑥쑥 올라와요
발등은 부어있고 솜사탕 목걸일 걸었어요
드레스와 립스틱이 문제네요

햇빛 쪽으로만 가는 성랑리행 선철이
동해바다로 가는 무궁화 열차를 보내기 위해
5분 정차합니다

그 시간은 동해바다를 위한 묵념 같기도 한데요
5분 침묵 속에 소란이 끼어들 수 있어요

귓구멍에서 이어폰이 자꾸 빠져 흘러간
노래가 흘러가지 못한다면 기우뚱 웃지도 못하고
그대로 멈춘 동작의 생각까지 멈춰야 해요

5분을 사전처럼 펼쳐 놓고
스물일곱 번째 행 무궁화 꽃술 사이에 나를 끼워 넣어요

낱말 사이에서 점점 색이 짙어져
내가 나를 알아보지 못할 수도 있는데 모르는 단어처럼
먼저 화를 내는 쪽이 유리한가요

무릎 사이 낀 가방처럼 얼굴을 바꿔봐요 낯설지 않게 아
니면
나무 밑동을 탕탕 쳐보든지 그럼 포도가 열릴 수 있으니까

동해바다를 생각하는 건 예의가 아닌 것 같아
철썩거리는 스텝 말고 표준코스로 가요
젖지 않는 여름까지

발등은 부어있고 민들레가 쑥쑥 올라와요

옥탑방에서 키우던 앵두나무가 보이네요

스크린 도어가 닫히고 말풍선이 살아납니다
멈췄다 사라지는 것들에게 눈을 맞추고 지금, 우리 열차

출발합니다

피카츄 사오정

머리카락을 태우고 발가락사이로 빠져나간 번개 멀어졌
어도 번개, 천둥을 모르는 번개도 사실은 천둥이래 연기가
사라지는 동안 자전거 불빛을 숙이고 지나가는 착한 뉴스
눈뜨면 사방 메일 밭인데 주말농장엔 왜 엔젤트럼펫만 심었
나요?

주사위를 던지면 후렴 대신 자기소개서가 쏟아져 착한 사
람들은 갓 태어난 기린보다 A형 식물도감을 좋아하지 부자
가 될 때까지 금화를 찍어내는 유튜브를 보거나 한밤중엔
만다린 소스를 뿌린 핫도그를 먹고 후식은 손바닥이 노래질
때까지 젖은 머리로 귤을 까먹어

속살까지 노란 은행나무로 원숭이를 깎고 펭귄을 깎고 나
팔꽃 블루투스 스피커 소리가 하늘에 닿을 때까지 사자성어
를 외우지 트럼펫 소리 맞춰 사과나무 대신 대기만성을 심
어봐 우유부단한 아침엔 영양가 두 배인 언 두부를 먹을
거야

사진보다 연필 초상화를 좋아해요 귓불은 두툼하게 그려
주세요 납작한 뒤통수는 살려주세요 하늘색도 모르면서 깨
지고 부서진 건 다 사오정이 고쳐 훈련 중에 다친 맹호 무릎
은 고칠 수 없어 다행히 미끄러져도 잘 일어나는 체질이야
무늬 많은 노랑이 좋나고 피카츄 이모티콘을 팡팡 쏘아 올
리고 있어 엔젤트럼펫이 주렁주렁 피고 있는데

여름에 버린 것들

은행나무로 물고기를 깎았어

지느러미는 생략했지

눈을 파는 일에만 집중했으니까

물고기의 눈이 하나였을 때 가위바위보

비늘 없는 세계를 보았어

눈을 파는 일에만 집중했어

물결이 일렁이는 눈가에선 헤엄치기 좋았지

비뚤어진 등이 반질거렸어

오래 문질렀지 내일이 왔어

물고기에서 물고기의 온도까지

지느러미 없이 도착할 수 있다고 손뼉을 쳤어

둥글게 시작했으나 끝은 둥글지 않았지

물고기와 눈이 마주쳤을 때

은행잎이 지느러미처럼 돋는 칠월이었어

*

색유리로 노을이 번지는 순간

우리는 성당 지하를 출발했어
신호 없는 거리를 돌아다녔지
넷인지 다섯인지 모르는 발가락으로
걸음을 뭉쳤다 뻗으면서 헤엄치기 좋았어
고개는 위협적이지 않을 만큼 져늘어 여름을 보는데
파란 바탕에 붉은 자주가 박힌 등판 무늬가
정오의 머리 꼭대기를 지켰어
도마뱀의 눈에서 구슬이 떨어지거나
여러 개의 태양이 끌려 나오기도 했어
꼬리는 요처럼 말아서 뒷발에 붙였지
단단한 것은 다 뒤에 있었어
꼬리를 자르지 않는 자신감을 오래 비리보았이

*

플라스틱 행운을 믿었지
꼬리를 자르고 지느러미가 돋는 주문을 걸었어
셔터를 누르자 다시, 여름이었어

국화 봉고 프러포즈

마드리드 산히네스에서 추로스를 먹던 아침, 터키석 하늘에 태엽을 감았지 몇 바퀴를 돌렸으면 팝콘이 터졌을까 우리가 다시 만났을까 끈적이는 생각에서 발을 빼면 어두워지는 한강 가 오리 가던 길 되돌아오고 강물 소리 맞춰 봉고 돌아오고

트렁크를 활짝 열었어 풍선이 떠오르는 하늘이 넘쳐났지 그녀는 프릴 없는 하얀 원피스를 입고 초코라테 셔터를 눌렀지 펄 립글로스 없이도 사진 잘 받겠다고 오늘 거울은 마음에 든다고

추로스를 먹던 아침 총소리를 내면서 날아가는 새를 보고 네가 웃었던가 사이프러스 나무 사이로 애드벌룬이 둥둥 떠올랐지 너는 커다란 프릴칼라 블라우스를 입고 베고니아 화분이 자꾸 시든다고 말했지

크리스마스 앵두 등을 켰어 출렁거리는 여수 밤바다 볼륨 높였지 노란 꽃송이가 불쑥불쑥 피어나는 국화 불꽃놀이 호

기심 많은 사수자리 꼬마 강가에서 장미정원까지 활을 당겼
어 자두 맛 사탕을 깨물자 한꺼번에 오리 날아오르고

포도밭과 이등병

커피를 사는 동안 비 맞고 명랑해진 포도 초코파이를 생
각할 때 출발하는 보름달 모차르트의 론도 읽고 또 읽는 편
지 비가림 속에서 휴무 없음 비 온 뒤 PX 와인 품절

칠레산 포도주 외박 때 살 수 있나요 휴가 때나 살 수 있
어, 잠긴 목소리는 건빵이 부서지는 해발 300미터 출렁거리
는 포도꽃은 본 적이 없어요 와인과 위로는 다르다고 톡톡
터지는 포도송이 버섯처럼 자라는 정류장에 동그라미를 그
리고 칠레, 혀끝에 닿는 기분은 어떻게 탁월할까

빨간 등대가 보이는 철탑 아래서 기차는 출발했어 도착하
기 전 읽은 편지 또 읽고 높게 빛나는 나팔꽃처럼 깨어나지
이마를 비춰보는 포도알을 닦고 포도 향으로 시작하는

포도밭의 이등병은 달력에 표시한 생일 같아 휴가는 감추
고 감기처럼 비가 내려 무장 해제한 포도알이 터지기 전에
뜨거운 카레를 먹고 취침 시간 맞춰 식은 치킨을 먹고 송이
송이 청포도 다큐멘터리

포도나무와 포도나무 사이를 흘러간다 포도잎이 무성해
지는 날짜를 세면서 숙성된 칠레산 휴가를 열면서

24km 급속 행군 끝났어 마치 터널 시나 화상품 냄새 고여
있는 정류상을 지나 완전 무장한 머루 포도 이등병

식탁은 자꾸 살아난다 나는 아보카도를 생각한다

식탁으로 소문이 걸어오는 동안 무표정한 식탁의 생각을 듣는다 아보카도를 썬다

아보카도를 먹은 뉴스가 식탁으로 미끄러진다 시시한 것들이 제 그림자를 숨기는 정오에 아보카도 카나페, 초 간단 레시피에 물을 뿌린다 식탁이 살아난다

풍문을 듣지 않아도 꽃무늬 식탁보를 깔지 않아도 아버지는 트럭을 몰고 왔다 트럭이 오는 날이면 세상은 꽃처럼 터졌다 식탁이 자꾸 살아난다

식탁에서 가장 튼튼한 곳은 팔꿈치가 닿았던 자리 아버지와 함께 앉았던 자리가 살아난다

우리는 서로 다른 말을 했지만 끝내 아무 말도 하지 않아서 봄이 다녀갔다 물끄러미 아보카도를 생각한다

트럭의 뒤꿈치를 닮은 아보카도를 심는다 심기만 하면 생

각대로 돋아날 것 같아서 아보카도가 살아난다

　새싹이 돋아날 때까지 탬버린을 연주했다 뿌리가 자란다
거짓말처럼 이파리가 커다란 식탁이 살아난다

　아보카도 샌드위치에 자글자글 하루를 얹는다 우거지는
아보카도를 생각해서 쉬지 않고 아보카도가 자란다

와플 좋아하세요

오늘 마감이라는 글자를 쓰는데
헤어졌던 연인들이 돌아오네요
진주 설탕 덩어리처럼 손님은
쉬지 않고 새롭습니다

새로 만난 연인들의 생크림이 더 달콤할 리가
그럴 리가 있습니다 접었던 귀를 다시 펴는데

컴컴한 길을 가는 사람들의 구두코는 반짝이고
저녁과 초코의 관계는 거꾸로 매달린 장미 같아서
잊지 않고 블루베리의 밤이 찾아옵니다

통 블루베리 와플 주세요
오독오독 씹히는 소리는 감추고
변함없이 쓸모 있는 메뉴 좋습니다

크림과 크림 사이에서 만난 사람들은
오늘 조기 마감 전에 영화를 보고

지나가는 강아지를 보면서
와플을 굽고 식히는 과정을 기다리죠

설탕 대신 소금 뺐어요
단맛은 반복하는 재미죠
와플와플 하면서 꺾어지는 풍선 인형의 손짓이나
골목을 구부리는 고양이의 좁은 보폭이나

어두워지다 좀 더 어두워지는 블루베리와 함께
고민하는 저녁이 투명한 이유는 알 수 없어요

가볍게 바삭하게 촉촉하게
겉과 속이 다른 오늘 추가할까요
얼음 없이 아몬드 주스 추천입니다

줄 서서 기다리는 단맛은
새로운 메뉴에 속하지 않아서
동전을 줍다 떨어지는 단추 같아요

냉동했던 블루베리가 녹았는데 아직 어두워
다시 만난 연인들은 녹지 않아서
블루베리 와플을 주문합니다

반을 꼭, 접어요
흘러내리는 건 크림 대신
시나몬에서 출발합니다

2부

해파리가 나를 부를 때

온몸이 바다인 해파리를 생각해요 헤엄치는 것은 받아쓰기만큼 어려워서 당황하는 양치식물을 좋아하죠 발끝이 북향을 향해 둥둥 떠내려가는 여름이었어요 소나기가 그친 후 깊은 곳을 찾은 건 우리의 선택이었죠 헤엄치는 걸 잊은 물고기처럼 동생이 먼저 수렁으로 쑤욱 들어갔어요 내가 등을 밀었을 수도 있어요 나는 갈비뼈까지 겁이 많았으니까

물 위로 세 번 솟구칠 때 안녕이라고 말했던 것 같아요 가라앉는 눈빛은 가라앉을 때까지 소중하죠 몇 개의 손이 자라나 손을 흔들뻔했어요 나는 그물에 걸린 물고기처럼 파닥거렸는데 세상은 쥐 죽은 듯 고요했죠 동생 손을 잡고 사라지지 않은 내가 침착했다는 소문은 쐐기풀처럼 돋아나 빠르게 자라고 엉켜 단물만 들이켰어요

물고기가 목에 걸린 것 같아요 비가 와도 젖지 않는 물방울을 자꾸 뱉어내는 꿈을 꾸면서 받아쓰기 실력은 형편없이 줄었죠 여름이 오면 떠오르는 그 여름은 어디에 적을까요 지느러미를 그리면 물고기가 사라져요 사라진 물고기는 미

루나무 꼭대기까지 올라갔다 헤엄치지 않는 내게로 떨어
져요

　겁 많은 물고기는 모두 내게로 와서 이 봄을 잘 견디면 지
느러미 파닥거리는 어름이 온나고 귀빌까지 쫓아온 해파리
가 나를 불러요

라디오 소리 좀 줄일까요?

아욱국을 끓이자 많이 자랐구나
시간의 길이를 계산하고 있어요

소금 한 주먹 넣고 바락바락 씻어라
보이지 않는 불순물이 많단다
보이는 것도 다 씻지 못하고 살아요
변명은 필요 없단다

푸른 물이 나오지 않을 때까지 씻어라
오늘 길이는 나중 계산하고
그런데 일곱 살은 어디로 갔니
라디오 소리가 너무 커요

쌀뜨물을 받아라
잡내 제거에 도움이 된단다
아욱에 무슨 잡내가 있나요
잡내는 어디에나 있단다
보이지 않는 것들은 구별하기 힘들어요

원근법은 무시해도 된단다

멸치 대가리를 떼고 된장을 풀으렴
팔팔 끓을 때까지 기다리는 것들이 있구나
지디 낀 아욱꽃의 시간도 있어요
한해살이에 집착하지 말아라
멸치가 떠오르는구나
꽃의 온도를 재는 꺾은선 그래프 같아요
아침도 없이 오는 연체이자 같구나

아욱을 쥐어뜯어 넣어라
미끈거려요 미끄러지겠어요
사춘기를 생각하니 부드러움에 집중해라
풋내 없이도 가라앉는 것들이 있구나

가을 아욱국이다 문 닫고 먹어리
가을까지 살았군요
너무 팔팔해서 걱정이다 넌

분수의 곱셈 없이도 가을은 온단다

숨어드는 잡내를 조심하거라
그런데 너는 몇 살이니 꽃이 작구나
저는 이제 열두 살이에요
소금은 언제나 제 자리에 있단다

소풍

뒷산 가는 길엔 불에 데지 않은 패랭이가 피고 있겠지
일찍 잠든 돌멩이를 발로 차지 않을 거야

사마귀 날개 같은 여기에서
폭설을 모르는 발등에 입을 맞추고
현관에 붙은 밴드가 어떻게 손을 내밀어

커다란 슬리퍼에서 뒤꿈치가 흘러내려
패랭이꽃 전설처럼 낭떠러지는 조심하고

눈 감아도 환하게 우리 집을 그렸어
없는 사람들은 평화롭게 얼어붙은 쪽에
대문 잠그고 웃는 사람들도 꽁꽁 묶어 다정하게

방부제를 먹은 김밥처럼
지워지기 전에 풋마늘을 먹어 주먹을 이거야지

편의점에서 곱셈을 팔까 어떻게 초코파이

주렁주렁 펀치를 날리는 가로등을 지나
착지하기 전 오버로크한 밤을 풀어야지

여덟 살을 잃어버린 연필에 침을 바르고
아프지 않은 바나나 우유를 마시면서
빙그레 돌림노래를 불러야지

구석구석 오늘 알림장에 적어도 되나요
바닥을 보여줘도 죽은 손들이 올라오는데
안티푸라민 맑은 손을 잡고
한 움큼 약국으로 놀러 가요

처음부터 끝까지 소풍이었을까 봄가을 없이
단 한 번,
집으로 돌아갈 수 있는

십자가 앞에 모은 손들이 소풍을 불러
일찍 잠든 돌멩이가 수북하게 쌓이는데

*울산 서현이 사건을 모티브로 하였다

비닐우산 운동장

내가 놀 때 너는 위조지폐 같은 미래를 준비하고
나는 연기 나는 생선 골목을 돌아다녀

꿈을 이야기할 때 우린 빗방울처럼 튀어 오르지

제목 없이 수정이 가능한 것만 늘어놓고
계란프라이처럼 애매한 소린 빼고

비 오는 날도 하늘은 파랗지

초침이 빠른 시계를 차고
마지막 공연처럼 스텝을 밟아봐
미끄러질수록 확신에 찬비가 내리고 있어

운동장의 눈꺼풀은 건너뛰어
목이 꺾이면서 자라는 풀과 함께
사랑니 같은 날씨는 접었다 펴면서
솟아오를 때까지 초식동물처럼 달리자

만국기가 펄럭이는 트랙 위에서
빗나간 공처럼 뛰어오르자

테니스코트를 가로질러
부재중 메시지는 지우고
정오의 새는 날려 버려

토끼풀꽃에서 먹부전나비까지
마카롱 마카롱 길이 생길 거라고

키 높이에서 부는 바람을 따라
연기 나는 생선 골목을 빠져나왔어

비를 달리는 젬베 소리가 들려

모르는 과자 주세요

아는 과자는 어제 다 사라졌어
달콤한 맛을 알기 전에 사라져서 다행이야
사과는 계모가 다 먹어 치웠지 내겐 사과 대신 다크 초콜
릿만 주고

유혹하지 마, 모르는 것은 달콤하지

계모를 동그랗게 묶어 마카롱을 만들었어
빨주노초파남보 다음은 분홍이 되는 이상한 나라에서
서로 모르는 가족끼리 식탁에 둘러앉아 거짓말 두 개 넣고

맛없는 크림이 자랄 때까지 과자는 햇살의 공식을 모른다
고 했지

빵, 터지는 멘토스와 다이어트 콜라 폭발하는 계모가 좋아

폴란드 초코와플 테니스공 껌 턱 빠지는 풋젤리 모르는
과자 주세요

쓴맛도 알고 싶어?

쓴맛이 아는 과자를 안다고 먹고 칩촉

아는 과자가 모르는 과자를 모른다고 먹어 치워 악마의

잼 누텔리

계모의 주머니가 깊어지고 있어

아는 과자만큼 손목이 따뜻해져 거울아 거울아

주머니에 빠지는 줄도 모르고 나는

츄파춥스 일곱 가지 맛을 빨면서 모르는 과자를 찾아가지

내일, 인도 달력

해를 쪼아 먹는 오늘을 쫓았어 인도니까

나뭇가지 끝에 아이들이 매달려 있어
점박이 여우나 붉은 물개가 나무 아래
쏟아져 있기도 해
지네와 개구리가 속삭이는 말을 해독할 독이 필요한데
어떤 숫자를 잘라내야 체크무늬 내일이 올까

눈이 커지는 밤은 사흘이면 충분해
가면을 벗고 따라와 등 뒤에 내가 있어

태양의 자세 끝에서 졸고 있는 얼룩말
고약 같은 꿈 꾸면서 박카스처럼 웃고 있어

비 오는 수요일을 찾아야 문제를 풀 수 있지
오답이 늘수록 경쾌해져
스트라이프 티셔츠처럼 괴담을 걸치고

내년 달력 속 수다스러운 동물원으로 놀러 와
꽃 양산 쓰고 새로 산 블라우스 입고
노랑과 샛노랑과
사바나캣을 만날 때까지만

가끔 세상에 없는 안부를 불으며 찌개가 끓어
저울로 잴 수 없는 내일도 동물에 포함할까 봐

노트를 펼쳤어
하고 싶은 말은 나비보다 나방이 좋다
백합은 칠 년에 한 번 피는
마녀의 꽃이라고 불러야지

내일은 우리의 노트를 심을 거야, 물 좀 줘

토마토 모자

토마토가 달린다 짭짤이 토마토가 달린다 빨강은 멈추지 않고 졸음 쉼터를 지나친다

시속 110km가 고속도로를 쫓아온다 추월하는 울트라 토마토 주차장은 불어 터진 스파게티 같아 화장실은 멀고 호두과자 줄은 너무 길어

출렁거리는 휴게소에서 하모니카를 분다 화분 속에서 토마토가 익는 사이 낮달 속으로 귀가 사라진다 토마토 모자를 벗는다

노래할 때마다 하모니카를 불어주던 외삼촌은 어디 있을까 늘어진 테이프에서 외삼촌이 하모니카를 분다

반달을 부른다 낮에 놀다 두고 온 모자를 쓴다 잘 익은 토마토 모자를 쓴다

어른이 된다는 것은 토마토 냄새를 알아가는 것, 하모니

카 소리가 강물을 타고 들려왔다

　강물로 박자를 맞추던 외삼촌이 하모니카를 불면서 모자
에서 흘러나왔다 짭짤이 토마토가 달린다 외삼촌이 달린다
길이 자꾸 넓어진다

자율

모의고사 허탕 치고 카레로 돌아왔다 긍정적인 에버랜드
너무 멀고

지치지 않는 어른들의 세계에서 자율을 빼면 아버지는 이
제 새로운 사람 이해하는 엄마는 간단하게 두꺼워지고

위로를 배운 적은 없지만 나는 점점 규칙적인 내가 되어서
집으로 가는 길은 멀미가 나 오래 달리는 것처럼

상처가 중심이 되면 이 세계 밖으로 자랄 수 있을까

무성하게 죽은 나무를 지나 모두 다 있어도 아무것도 없
는 다이소를 지나 흰 얼굴이 창백한 얼굴을 쳐다보면서 단
백질과 관계 넘치는 우리 카레 먹자

벽에 붙은 그림 속에선 무표정한 얼굴이 원반을 던진다
완벽한 자세라고 너는 그림 속에서 걸어 나와

스머프 좋아하잖아요 푸른 돌로 스머프 깎아드릴게요

힘껏 원반을 던진다 손목을 다치고 돌아오지 않는 무표정
한 얼굴을 걱정하지 않는다

우리는 성오의 카레를 끄고 초대하지 않은 희망 음악을
산책한다

기면증

잠이 터지면 라라라
우리는 유칼립투스를 심는다

톡, 쏘는 유칼리 오일이 필요해

과잉과 고립 사이에서
나무 이파리가 반짝거리는 것도 내게 끼어드는 것
잘 있어, 드라이플라워에 갇히는 것

유월에 징글벨이 쏟아지도록 캐럴을 불러
어둠의 둘레를 반복하는 처방전도 없이
긴 줄 끝에 서서 열매를 달고 벌레가 먹고

세상은 깨진 픽셀로 흩어져
우주 가장자리에 나를 세우는데

내겐 닫히지 않는 마법의 창문이 있지
구름이 한꺼번에 몰려와 노래를 부를 수가 없네

지나가는 소나기라도 한번 쏟아졌으면

영화 주인공도 아니고 그냥
드럼 치는 군인이 되고 싶다고 노트에 적어보는데

산소리노 뚝뚝하게 듣고
양 떼를 몰고 가는 구름도 놓치지 않으면서
쉿!
파이팅을 외친다면
멈추지 않는 그네에서 내려올 수 있지

지금 소나기 지나가고

우리는 라라라 잠을 쏘면서
코알라 몰래 유칼립투스를 심는다

18층

칸나꽃이 피어도 무당벌레가 꿈쩍하지 않는 높이

몸무게는 점점 무거워지고 주근깨는 늘어났지 한창이던 꽃밭은 덮어버렸어 눈 감으면 나비와 내가 겹치고 멀리 있는 노랑이 겹치고

폭우를 피하는 버릇과 바닥을 알아가는 공식에 집중했지 뿔을 지우는 동안 내게선 새것 같은 락스 냄새가 났어 내가 가진 높이를 키우기 위해 압정으로 박아놓은 날들을 풀어보거나 환해질 때까지 은박지를 접어보거나

신호가 바뀌었어 건널목을 건너는 내가 보여 어릴 때 먹지 않았던 쑥갓 냄새를 조립해야지 큰 소리로 소보로빵을 불러야지

바닥에서 떠오르는 공포증이 점점 흐려지고 있어 반짝이 스티커를 붙이고 천 개나 달린다는 망고스틴 나무로 날아가는 꿈을 꿔

솟아오르는 신호는 내가 결정하는 것이지

검은색에서 회색으로 떠오른 높이 먹구름에 생일을 섞어
생크림으로 떠오른 높이 전화를 걸어봐 간나가 가까우니까

동쪽을 향해 자동차는 트롬본 소리를 내면서 달려가고 나
는 최고의 속도를 내는 매처럼, 사방에서 힘차게 불어오는
코발트 빛 바람을 타야지

미용실 가는 해파리

크림빛 머리칼 나부끼는 웨이브

바닷물에 샴푸를 풀어놓은

파랑주의보

누운 악어자세를 취하고

헤어샵을 검색해

웅크리고 있는 귓속에선

미용실이 부르는 휘파람 소리가 들려

머리칼은 나이만큼 자라고

또 자라고 더 자라서

풀어헤치고 외출하는 길

치근덕거리면 치명적인 독화살을 날리지

뜨거운 장독 위에 해파리를 올려놓으면

서서히 사라진다는 전설은 거짓말

나이를 거꾸로 먹어

힘줄이 푸르게 돋는다는 이야기는 정말 좋아하지

죽지 않는 일은 너무 흔해서

생일이 자꾸 돌아나는 건 참을 수 없어

싹둑거리는 잔소리가 그칠 때까지

다시마 촉감놀이로 한나절을 보낸 뒤
차디찬 바다의 생각은 봉오리 활짝
해파리 오 분 전 일곱 시에 밀어내지
어서 빨리 머리칼은 한 뼘 더 자라서
불안한 사가턱엔 장난꾸러기 히피펌이 유행일 거라고
뭐야 지금!
숏컷 처피뱅
필터 없이도 잠들 수 있는 미용실이
출렁출렁 출렁대지

화요일에도 별을 굽나요

물방울 자세 도라지꽃이 있는 힘을 다해 하늘을 터트리면 몸 안의 푸른 물고기가 뛰쳐나와요 손깍지를 끼고 속눈썹으로 부르는 노래는 글썽해지지 않아서 악보 없는 노래는 쓰면서 달고 너무 달아서 쓰다고 소태나무 아래 오래오래 서 있어요

꽃밭 귀퉁이에 도라지 타령 한 자락을 풀어놓았죠 그럴 때 살아 있는 노래가 마디마디 일어서 뒤꿈치가 바삭해지고요 가끔 헌혈 후 받은 영화표 한 장처럼 귀를 생략하기도 합니다만 집중하는 간격과 간격 사이에서 징이 울려요 뒤통수가 무성해지는 화요일은 십 년이 넘은 종합 선물 세트죠 잘못 그린 그림 속으로 물방울 같은 발을 내디디면 별을 굽는 보라의 나라에 닿을 수 있어요

노래는 일곱 번 바람 끝을 돌아온 새카만 풀씨였다죠 풀씨 저 혼자 손톱 밑이 까매질 때까지 꽃눈을 만들고요 살굿빛 목젖을 달싹거려 보는 거죠 바람 끝에 털어놓은 꽃가루가 흩어졌다 다시 모여요 눈 감은 시간만큼 고인 어둠이 어

디서부터 훌쩍, 남물이 들까요 나는 얼마나 푸른 길이 될
까요

우선 화요 파스타

우린 화요일을 우선합니다

파스타만 먹는 고양이를 빌려오고

녹색 화병에 파르팔레 파스타 일 인분을 꽂는다
나비의 시간으로 30초 동안 나비가 된다

늦게 도착한 휘파람을 찢어 마법의 소금을 만든다
화요일에 맞춘 산사나무 식탁을 위해 높은 솔을 뿌린다

악몽을 꾸고 난 다음 날
파스타를 만들어 생일이 태어나고 수국은 분홍으로 변
하고

우선 푸른 나비를 고양이에게 먹인다

병아리콩이 뛰어다니는 화요일을 식탁 위
쓸데없이 즐거운 고양이를 앉히고

먹어, 프라이팬의 날씨야

고양이는
파스타와 레몬 어느 것에 가까울까

나는 새콤하게와 익숙하게를 경멸한다 자라거나 익기를
거부한다

파스타와 나 사이의 화요일을 우선한다

일곱 번째 계단

탭댄스를 추는 스무 살의 어머니를 닮았어 나는

춤을 추다 일곱 번째 날개를 상상하면 굴러떨어져 부서진
리듬들

스무 살 때 딱 한 번 날개를 펼쳤다가 계단 끝이 나를 삭제
한 적 있어

보이지 않는 곳은 하얗지 계단에서 계단이 헷갈릴 땐 검
은색 매니큐어를 지우고

어머니는 댄스로 모든 걸 말했지 아홉 살에 피는 벚꽃에
대해 아홉 살이 아홉 살을 키우는 과정에 대해 눈 녹듯이

하늘색 구두는 신지 마, 리듬에 맞춰 내게 말하던 눈빛은
늙지도 않아 어머니가 몇 개인지 아홉 살은 정말 돌아오는
지 저녁이 오기 전에 카스텔라처럼 부풀어 오르는지

신데렐라를 꿈꾸던 어머니는 조각조각 흩어졌지 시도 때도 없이 터지는 냉동만두처럼 흥미 없어

붉은 나팔꽃이 피는 계단에서 단단하게 추락할 수 있는 지도를 보여줘

멈추라는 계단 끝의 충고를 무시하고 일곱 번째 계단을 열어

스무 살의 내가 하늘색 구두를 찾고 있어 아홉 살의 어머니를 펄럭거리면서

출구가 어딘가요 어머니, 음악 좀 꺼주세요

북두성은 자라서 토 힐 토 힐 동쪽으로 가고 나는 스텝 셔플 스텝 일곱 번째 계단에서 탭댄스를

철 따라 기린입니다

기린면에 살고 싶다고 말한 적 있습니다
기린을 생각하면 하늘 문이 열리죠

점박이 낙타와 긴 목 사슴을 구별하진 않아요
유니콘을 부르면 굴다리 너머 홍콩 요리

우산아카시나무에 밤을 걸어두었어요
내일은 21미터 높이에서 해가 뜰 거예요
늦잠 자도 괜찮아요

수첩 표지엔 왕릉 앞에 엎드린 기린이 있고
개와 착각하면 안 된다고 쓰여 있습니다

우두커니 엎드린 기린과 달리는 기린이 내게 옵니다

뿔 끝에 잎사귀라도 그릴까요 그럼 더듬이가 자라서
우리 모두 비행운을 산책하는

편의점에는 기린의 높이가 있죠
기린이 끓는 3분은 파발보다 멀리 있어서
풀을 오래 씹는 어금니가 궁금합니다
되새김질 버튼을 눌러 우리 함께
탬버린 소리로 끓어 넘칠까요

화촌 터널 지나면
너와 내가 살고 싶은 기린면입니다
추월하지 마세요 유채색
공중 돌기 2회전 봄날이 갑니다

기린 송을 부르면 어디까지
낮은 곳도 보이죠

기쁘다 기린이 우사아카시로 벋져갑니다

달리지 않아도 멀리 가지 않아도 우리는
습관적으로 기린입니다

기린에서 출발해
너와 나 한 바퀴를 돌면
토마토를 가득 실은 트럭이 지나갑니다

설탕공장 위에 떠 있는 구름을 끌어당겨 아카시아꽃을 따
는 나도
달릴 때는 구름 갈기가 휘날립니다

3부

각시투구

내 속은 빨강이어서
독으로 향하는 첫 마음 같아서
오후의 궁리는 시작된다

독이 자란다면 구름은 알까
삶이 어긋나는 오기처럼 구름이 일까

자란다는 건 독을 키우는 일

독으로 자라는 잎사귀를 따라 여름이 흘러가거나
축제를 끝내기도 하고 나를 꺼내놓기도 하면서

여름이 여름의 둘레를 재는 동안
팔월은 사방을 허물어 쓰러지기도 하는데

잘 달인 비밀은 뜨거워야 하니까
아무도 모르는 여름을 훔쳐 활을 당긴다

내일에 대해 물으면 자막 없이 한 방향으로
전투적인 화살이 꽂히는 곳

오후의 숲이 붉게 부풀어 오른다

한 방울씩 떨어지는 암호
혼수상태 치명적인 팔월

만져지는 것은 모두 독의 결 같아서
자줏빛으로 투구꽃을 그리고 독하게
폭염이라고 말하는

팔월을 힘껏 던지자 얼어붙은 밤이 열렸다*

* '밤의 열림'은 각시투구꽃의 꽃말이다.

소름 이야기

사람들은 무심코, 차가운 이야기부터 시작하지

배를 넘어가던 구렁이가 있었지 그때부터 더위를 느끼지 못했어 기억은 시린 부분만 남겨두고 파먹지 힘줄마다 붉은 독니가 돋아 단숨에 따뜻한 것을 타고 넘지

소나무 가지에 매달았던 소름을 받아 써봤지 꼬리를 물고 늘어지던 소름 한 방울 받아 적었지 꿈틀거리던 눈빛과 마주쳤을 때 빠르게 그늘 속으로 우거졌지

깜깜한 묘지에서 겨울 별장이 걸어 나와 해를 일곱 개나 잡아먹은 시체꽃은 창문을 닫고 묘지에 기대 낮잠 자는 나를 큰 소리로 불러내 청춘가를 부르면 몸이 차가워져 사는 것보다 더 흔들리는 답은 뿌리 깊은 응달에 박혀 있지

사람들은 은근히, 소름 돋는 이야기를 좋아하지

여름은 꽃 피울 시간이 없어 세상은 그렇게 따뜻하지 않

아 일곱 살을 삼킨 이빨 자국만 선명하지

입춘立春

듣기 평가 중

왼쪽 귀를 향해
소리가 소리를 지나치는

미칠 수 없어 차분해지는 계절
을 빌리고 싶다

포플러 이파리가 발등을 쓸고 갔다

악센트는 갈피를 잡지 못하고
환절기는 싸락눈을 몰고 왔다

후드티를 입고 새 학기 마스크를 썼다
주머니에 현기증 나는 단어들을 찔러 넣고
나비는 아직 출발하지 않았다

앞뒤 없이 듣기 평가는 계속되었다

일상을 일생으로 듣자 스피커에선
비발디의 여름이 출렁
마우스를 클릭했다

검색창에 평형이리고 쓰자
기억술과 초록 혈관이 떴다
이 조합은 무엇일까

사라진 왼쪽이 궁금했다

쉬는 시간엔 귀가 열리는 까닭을 모르고
이월과 이월 사이에서 벨이 울렸다
쉬지 않고 쉬는 시간은 끝이 났다

성에 낀 창무에 커다란 날개를 그렸다
목 짧은 양말을 끌어 올리고
가짜 양털 부츠는 주저앉았다

무작위로 건너뛰는 초록 대신
필명을 적었다

오른쪽 귀에서부터 봄까지
날이 풀렸다

그런데 건우가 몇 살인가요?

고양이 없는 골목을 그려요 검은 고양이 색으로
호두나무 사다리와 딸기 망치는 검정 사인펜
바나나 씨앗을 품고 있는 흙은 흑색을 골라

검은 얼굴에 검정 넥타이 까만 축구공까시
나이키 어린이 디자이너가 그린
먹물 그림 아빠 운동화 멋지잖아요

검정보다 더 어두운 빨강을 떠올려요 이상하지만
누나의 생각이죠
사생대회 상장 마음입니다

혼자 웃느라 잃어버린 자세는 24색에서 골라요
예리한 관찰력에서 태어나는 십이월의 색

어둠을 넘어 빛이 없는 빛까지 쫓아가도
미세 플라스틱과 미세 자폐의 관계는 잘 몰라요

풍선을 삼키거나 비닐봉지를 뜯는 동물들이
꿈속에서 내게 자일리톨 사탕을 던져요

내 얼굴은 네모 동그라미를 그려도
대답하지 않는 네모를 중얼거리면서

우린 아파도 심심하니까

그래도 정확하게 발차기하는 나를 보고
운동치료 덕분이라고 하지만 그건 눈사람의 뒤통수 이
야기
먹물로 그린 나무 이파리들의 이야기

뿌리 없는 나무를 따라가
눈코 귀가 없는 나를 그늘 속에 묻고 와요

아직 태어나지 않은 검은색을 지나
떼쓰지 않는다고 쓰다듬는 머리에

내가 묻지 않는 대답을 그려요

내일은 적당히 추울 거예요

국민은행 달력 3월에는

항아리에 고양이를 심었다
자라지 않는 고양이 그러니까
누워서도 이해하기 쉬운 그림

고양이는 나비를 기다린다
그건 기다리다 지친 화가의 마음

춘분은 아직 멀었다
한 시간째 고양이는 나를 보고
나는 고양이가 자라길 기다리고
우리는 자라는 걸 잊어버리고

잔치국수 먹을 시간 털이 날린다
주말 아트센터 세탁소 습격 사건
희망 도서에 살림을 차리면
수리 중인 엘리베이터는 4층에서 멈추고
모네의 정원에서 고양이가 핀다

3월이면 요정들이 비밀번호에 물을 주거나
물뿌리개에 반달을 꽂고 젖은 나를 털고
나비 심기 좋은 달이에요

춘분이 울창해지길 기다린다

호주머니를 뒤지면 모르는 숫자
괜찮아, 아직 도착하지 않은 수목금토성이 있으니까
화장품 샘플이 굴러떨어진다

빨간 지붕 회전 초밥은 문을 닫고
아낌없이 주는 김밥집이 생겼다

펄럭거리는 플래카드 아래 쌓인 눈이 녹으면
장다리꽃 통조림을 살까

고양이가 항아리에서 나와 허리를 편다
발톱이 자라는 종이꽃이 한 송이씩 피고 있다

까마귀와 둥근달 없음

언젠가 온 적이 있는 것 같아
까마귀가 우거진 숲에

귓속은 광활해서 깨질 것처럼 환해서
푸른빛이 구르거나 할퀴는 소리를 듣는다

둥근달을 던진다
녹지 않는 까마귀
어서 와 단단한 크림 속으로

이미 도착했을까
뒹굴면 온통 불량스러운
경계뿐

얼어붙어 꼼짝하지 않는 까마귀가 온다
화석 같은 까마귀가 온다
검으면 빛나는구나

꽉 찬 부리
말이 모자란 부리
단단해서 부서질 것 같은 부리
지워진 이름을 자꾸 불러내
이유 없이 세상이 번창하는

비밀 한 권처럼 우리는
누가 먼저 숲이 될까

밤이 오지 않는 밤의 한가운데
끝없이 서로의 발톱은 정직하겠지

기침을 해도
내 곁엔 아무도 없어
크림이 녹지 않는
이 숲에 온 적 있니?

둥근 그늘 속

녹지 않는 어둠은 어디서 배웠을까

달을 던진다
부딪힌다
발톱 사이 검은 달이 고인다

밍롄*

오토바이가 일제히 출발했다
악보 없이 연주하는 시나위처럼

하롱베이엔 더 많은 오토바이가 있다고 네가 말했고
나는 오토바이가 사라질 때까지
연수가 끝나지 않은 것처럼 서 있었다

사라져도 좋은 것들이 천천히 사라지는
풍등 날리기 좋은 날씨였다

여기도 복사꽃이 피네
높게 핀 그늘에서 사진을 찍었다
이상하게 나왔다고 우리는
분홍이 아닌 것 같다고

길가에서 자라는 화분은 꽃이 잘 피는 것 같아
잘 자라는 풀처럼 네가 말했다

어디든 섭섭하게 뿌리를 내리면서 우리는
뿌리 없는 식물처럼 자랐다

모르는 나무에 이름을 붙여주면서
몇 번을 불러도 꽃이 피지 않을 것 같아서
밍롄,

그늘 없는 푸른 의자에서
화남으로 불어오는 플라스틱 바람을 맞았다
천만에요 괜찮습니다
이국의 말을 알려줬지만 너는
딴생각을 하느라 친절하게 미안했고

우리가 날린 풍등이 소원과 함께 사라지고 있었다

고수를 넣은 땅콩 아이스크림을 먹으면서 녹슨 철길을
건너
이끼 맛이 나는 마을을 돌아다녔다

미끄러운 계단을 오르내리는 사람들
우리는 이제 미끄러질 마음이 없어서
아이스크림이 손등을 타고 녹아내렸다

* 대만어로 '내일' 또는 '가까운 장래'를 의미한다

박쥐, 소설가

침대 위 박쥐가
먼지인 줄 알았다
만졌다면,
어떤 어둠과 부딪쳤을까
검은 우산을 펄럭거려
창밖으로 길을 냈다
초록은 너무 환하다고
벽에서 벽을 가로질러
어둠이 꽂힌 얼굴로 등 뒤로 모든 자세로
대낮을 잘라내는
미끄러지지 않는 곳이 어둠일까?
동서남북 어둠을 찾는 박쥐에게 소설가는
어둠 한 페이지 쓸 수 없다
두 개의 젖꼭지에 새끼를 달고 날아다니는
박쥐의 완전한 어둠을 키우고 싶지만
먼지만 한 무게로 초음파를 쏜다
청소년 단편 소설을 쓴다 (너의 어둠이 되어줄게)
시끄럽게 소리 지르는 소설가를 피해

박쥐가 에어컨 속으로 쑥 들어갔다

날개가 갈아지는 거 아냐

어둠이 닫히고 박쥐가 열리는 거 아냐

하늘이 지겹도록 박쥐 떼가 날아올랐다

인제쯤 에어컨이 박쥐를 슬까

온도가 점점 내려가

거꾸로 매달린 소설가

어둠을 만져본 적 있다고

박쥐 날개를 접으면서 (불가능한 너의 어둠이 되어줄게)

갇히는 속도보다 더 빠르게 환해지는

이상하고 친절한 이야기가 시작되었다

칸나와 폐차장

폐차장 가는 길에 칸나가 핀다
흩어졌다 모이는 이름에 리본을 단다

가벼워지고 싶은 것끼리 등을 보일 때 그때,
여름보다 느리게 칸나가 핀다

새를 먹은 돌이
유리벽을 뚫고 날아오를 수 있을까

시들기 시작하는 것들은
기억을 털어 날개를 말리더라

아는 곳에서만 멍 자국을 씻는 저녁
젖은 깃털처럼 무거워지는 쪽으로 칸나가 난다
구름 정도는 휘어잡을 수 있는 곳에서 기다리는 새가 핀다

이름표가 떨어져 낯선 자리마다 셔터를 내린다
안을 수 있는 것들은 가렵다가 간지러워서

선인장에 음표를 달아주거나 비밀번호를 빌려준다
좋아하는 노래를 들려주던 쪽으로 칸나가 핀다

아무리 걸어도 부르트지 않는 미등이
가장 늦게까지 살아남아
가벼운 등을 비춘다

여기에 없는 것들은
칸나 여름호에 실릴 수 있나요

폐차장 가는 길에 붉은 칸나가 핀다
흩어졌다 모이는 이름에 리본을 단다

바흐의 음악은 과분해서

에코 없이 귀를 여는
바흐의 음악은 과분해서 가을 아버지 괜찮을까

첼로 끝에 붙어있는 도돌이표에서 바닐라 향이 난다
음이 낮을수록 통증이 궁금하다

무반주 첼로 음악처럼 꺾이지 않고 차갑지 않게
전망 좋은 창에 말 없는 천사라도 심어야지

사철 시들지 않는 아버지의 귓속말을 모아
무반주 재봉틀을 만들었다

창문 밖으로 하나둘 봉분이 늘어가
내가 사는 이곳도 산딸기 무덤

노을이 절취선을 따라 박음질했다

낮은 목소리로 반주 없이 봉분을 열어봐

가보지 않은 산책길이 여름방학처럼 살고 있어
그곳에는 꼭 내가 모르는 내가 사는 것 같아
주술에 걸린 아버지가 자꾸 태어나고
가문비나무 속에서 오래된 첼로가 걸어 나와

바흐를 솔아하세요 메시지를 보내면
구름 사이로 아버지가 만월로 차오른다

금광촌 이야기

해 뜨는 곳에선 누가 누가 태어나나요
벌컥 화를 내는 지팡이 좀 치워주세요

나보다 먼저 태어난 기차 이야기나
금광촌 이야기는 아직 시작하지 않았어요

어린 내가 금광촌으로 가는 기차를 탔는데
새파랗게 멀미를 했다고요 기차는 자꾸 길어지고
집으로 돌아가긴 틀렸다고 발을 동동 굴렀는데

먼지 날리는 그곳에서 한여름을 자랐어요
꿈속에서 안전 주의 표지판이 얼굴 위로 쓰러지고
깨고 나면 장독대에서 고추장을 찍어 먹었다네요
죽지 않고 따라다니는 사소한 이야기죠

우편배달부가 오는 날에는
기다릴 것도 없는 나는 노래를 불렀고요

금싸라기 한 톨 모르면서
희망가를 불렀다네요 모란 화단도 없이
마른 핏줄 속에서 출렁거렸던 가락이라니

터널을 지나 벚꽃 날리는 저수지를 돌아
새벽은 쉬지 않고 컴컴해지는데
깨어있는 사람은 언제 잠을 자나요

이제 그만 살았으면 좋겠다고

그만이라는 말 아래 자라는 것들이 있어요

채송화는 새벽 4시에 자라요
옆구리에선 기차가 자라고
금광촌은 희망가를 키우죠

끝은 어디서부터 시작인가요
눈 감으면 금빛 밀가루가 폭설처럼 쏟아져요

cloud login

기울어진 곳에 구름을 채운다
붉어지는 쪽으로 벼랑은 자란다

삭도가 길을 찢을 때마다
하늘에 그림자가 지천이다

머물 수 없는 사람들이 더는 늙을 수 없어
구름을 만드는 모운동*

별을 캐는 바다를 끌어올리고
감자꽃은 달빛이 피우는 거라고 믿었던 사람들이
카나리아를 따라 탄광 안으로 들어간다

새카만 개가 빳빳한 지폐를 물고 섰다 눈에 불을 켜고 극
장과 우체국을 부른다 편지를 부치던 얼굴이, 황야를 달리
는 말발굽 소리 휘파람 소리가 벽화 속으로 들어온다 축제
가 시작되고 필름이 느리게 돌아가는 옥수수밭 사이로 기차
가 온다 양귀비꽃 붉던 자리에

산국 향이 나는 별을 꿀꺽 삼키고 새벽에 기차는 온다

거울 속에서 잃어버린 얼굴이 나를 보고 있다

닫힌 갱도에서 겹겹이 구름을 열고
영화를 보고 화전을 굽던 사람들이 걸어 나온다

감자꽃 주문을 외워야 문이 열리는 모운동
늘어진 전깃줄이 팽팽하게 눈썹달을 업고 섰다

* 慕雲洞, 강원도 영월 옥동광업소가 있던 마을 이름이다.

비 오는 날의 스페인

죽는 사람들 사이로 날마다 비가 내린다
사과는 쓸모가 많은 형식이지 죽음에도 삶에도

수세미를 뜬다 사과를 뜬다
코바늘에 걸리는 손거스러미가 환기하고 가는 날씨
를 핑계로 미나리전이나 부칠까

쫑쫑 썰어대는 미나리가 뒤섞인들 미나리
탕탕 오징어를 치며 바다가 보인대도 좋을

다행히 비 내리는 날이 많아 그 사이로 사람이 죽기도 한다
올리브 병에서 들기름이 나오면 핑계 삼아 한 판
사과나무에서 다닥다닥 열린 복숭아를 다뤄도 되고
소금 한 주먹 넣으며 등짝도 한 대

단양과 충주 사이에 스페인을 끼워 넣는다
안 될 게 뭐 있어 비도 오는데
스페인보다 멀리 우린 가끔 떨어져도 좋을 텐데

철든 애가 그리는 그림 속에선 닭 날개가 셔터를 내리고
오토바이를 탄 새가 매운 바다에서 속옷과 영양제를 건져
올렸다 첫사랑의 정기구독은 해지했다

꽃병에 심야버스를 꽂았다 팔다리가 습관적으로 생겨나
는 월요일, 아플 때마다 키가 자라는 일은 선물이었다

불꽃이 튀어도 겁나지 않은 나이는 이벤트였지

단풍 들지 않는 우리를 단양이 부른다 스페인은 멀고
인전벨트를 매고 접힌 색종이처럼 사진을 찍는다

여전히 비가 내리고 누군가 멀리 떠난다

안개의 노래

풀이 나지 않는 사각지대에서 안개가 태어난다
멜로디와 발굽을 감춘 세계가 돋아난다

이곳은 풀밭이 뛰어다니거나
발굽을 잃어버리는 것은 흔한 일이다

엎드린 저녁은 기도를 모르지
풀밭을 덮는 폭설을 모르지

양의 기분은 묻지 않는다
멀리 있는 평안을 바라봐야 하니까

양의 목소리를 닮기 위해
뒤꿈치를 들고 여러 번 마른풀을 읽고 지나간다

양 너머에서 안개의 노래가 깊어진다

여럿이서 혼자가 되는 안개의 시간

양 한 마리 겨우 들어갈 만큼 좁거나
끝을 알 수 없을 만큼 넓은 곳에서
출렁거리는 양 떼처럼 노래를 부른다

조금 있으면 성사가 나타날 것이다
어제 날아온 새가 다시 날아올 것이다
뛰어다니던 풀밭은 풀밭으로
잃어버린 발굽은 무너지지 않는 발굽으로

고요한 양은 없어
흰 양이 태어나겠지

잡히지 않는 성자의 옷깃을 잡고
집중해서 길을 잃으면
종소리가 멀어지면

눈으로만 풀을 뜯는 시절이 가고
먼 곳에서부터 찔레꽃이 우거지겠지

태양을 몇 조각으로 나눈 오후에는
잘 말린 안개 밖으로 노랫소리 깊어지겠지

4부

우리가 해바라기를 뛰어내릴 때

이 높이는 처음이야
먼저 말을 거는 메아리에 고백했어

해바라기는 해바라기 사이에서 빼곡해지고
우리는 해바라기 사이에서 가벼워지고

뛰어내릴 때의 표정을 해바라기 높이라 부르자
궁금할 때마다의 하늘도 해바라기 높이라고 부르자

풀밭에 나란한 열여섯 살과 열일곱 살의 차이
그만큼의 먼 곳이 필요해서
해바라기는 부재중

높이만 바라보는 우릴 손거울 속에 심기로 했어
잠이 쏟아지는 진초록 사다리를 호기심이라 부르면서
해바라기 높이에서 부는 바람을 해바라기의 성격이라 부
르면서

우리는 키가 자라도 해바라기 높이만 바라보지

까마득한 중심에 해바라기를 칠해놓고
키를 따라잡는데 놀라진 마
몰입을 좋아해서 귀에 구멍을 낼 수도 있어
해바라기가 얼마나 큰지

바람을 꺼도 자랄 거야
주먹만 한 여름을 달싹거리면서
색 색깔 우리를 만날 수 있다고
그곳에서 우리가 태어났다고 믿으면서

해바라기 높이가 궁금하면
보이지 않는 종점을 바라봐
기지개를 켜는 옷소매가
해지기 전에 닿을 수 있으니까

우리가 해바라기를 뛰어내리며

한 번도 헤어진 적이 없는 해바라기를 불러

풀냄새처럼

Green hands

안나는 내 손을 보고 Green hands라고 했다
손끝에서 믿음이 돋아난다고

죽어가는 식물을 살린 적 없다
무너지고 다짐하는 것이 믿음인가
분갈이가 필요한 달의 뒷면에 박수라도
우수수 이파리가 쏟아진다
죽음 이후 진화하는

뿌리 없이도 죽지 않는 화분을 본다
줄기를 잘라 화분에 의심을 꽂는다
의심은 의심히지 않고 지리서 발을 뻗고
잠이 쏟아지고 잎이 돋는 꿈을 꾸다가
지루해서 얼굴 큰 수국이 피고

~~풀물~~을 모르면시 안나는 숲을 그린다
이해하지 못하는 표정이 풀물 같다

풀을 뜯어 손등에 문질러 보여줬다
힘줄이 돋는 자리에 풀물이 들었다
피가 도는 자리가 새로웠다

웃어서 초록인 걸 프랑스어로 어떻게 말할까

프랑스에는 연꽃이 없다
모네의 수련이 핀다

연밥에 물감을 찍어 연꽃을 그린다
새로운 시도는 수다스럽거나 의심스럽다
식물로부터 위로 대신
위태로운 여름을 오려 내는 것처럼

풀물을 모른 체 안나는 프랑스로 갔다

나는 쓸쓸해서 풀물을 찾아갔다
연꽃 속에서 안나는 연꽃을 그리고

풀물은 안나의 색이 되고

여름비가 오고
무기력했던 손이 쑥쑥 자랐다

죽어가는 제라늄 화분을 샀다
죽지 않는 초능력을 골랐다 물 조심하라는 소리를 들었다
손끝에서 가지를 뻗는 믿음으로 나는
풀물 든 손을 주문했다

Aysun*

석회암이 덮인 곳까지
그녀는 우리를 데려다주었다
클레오파트라 수영장을 가리키면서
다시 나올 때 이곳을 기억했다가 돌아 나와야 한다고 했다

굴레굴레 하면서 헤어지는 그녀를 보지 않고
겹겹이 쌓인 석회층을 바라보았다

생크림처럼 녹아내릴 것 같은 목화 성
옥빛 온천수는 흐르지 않고
금발의 아이가 울고 있다

흐린 날 유적지는 견고한 폐허
리라 소리 끊어졌다 들려오는 원형극장
어디나 흩어져 규칙을 이루는 유적들
힘주어 바라보면 천년을 앞지른다

클레오파트라 수영장에 비가 내린다

수영장은 깜빡깜빡 사라졌다 나타나는

안녕이라고 말하면 안녕 속에 살고 있는 거지
사이프러스에 플러그를 꽂고 단단해지는 안녕

그녀는 빨간 코끼리를 막대 끝에 달고
석류꽃이 한창인 숲을 돌아다녔다

열두 달 다른 열매를 맺는
그녀의 어학연수는 성공적이었지
사진 찍을 때마다
나는 얼굴이 너무 작아요
사탕 수레가 지나간다

클레오파드라 수영장은 멀리 있고 물이 튀고
우리는 아직 출발하지 않았다

굴레굴레 잘 있느냐고

클레오파트라 수영장엔 프릴 달린 비가 오느냐고
석류가 익고 아이순,
빨간 코끼리는 백 살이 넘겠지

* 튀르키예 현지 가이드 이름.

외상에 대한 적극적 태도

외상은 어림없다는 가게 앞이에요
간판엔 태권브이 명품 구제 고딕체

대낮에 달 구경하듯 외상을 구경해요

삼십 년은 된 것 같은 나비 선글라스로
와인에 취한 달리를 볼 수 있나요
오래 서 있는 하이힐의 생각은 묻지 않아요
은행잎을 세면서 이야기를 시작하죠

자동 응답기는 쉬지 않고 문을 여는데
문은 언제 열리나요?
어른들만 풀 수 있는 문제를 풀고 있나요
잉크 나무 아래서 취사선택에 집중하고 있나요

며칠 새 오동나무를 따라잡는
죽순 같은 내일도 외상 할 수 있나요?

회전목마가 보이는 창문 앞에
빨리 죽는 화분이 자라고 있어요
어떤 꽃이 오래 사나요 꽃 이름을 백 개나 외우면서
닫힌 문에 조미료를 뿌리고 쇼핑백에
즐거운 외상을 보글보글 끓여요

태권브이가 주먹을 뻗는 사이로
목이 늘어진 티셔츠가 체중을 달아보네요
레이저 봉을 휘둘러 레이스 가방을 열어보기라도 한다면
은행을 만지작거리면서 이야기를 이어가죠

졸업식에서 돌아오는 사람들이 유리창에 가득해요
사진 찍을 때만 부는 바람은 적극적이어서
꽃다발로 흰 우유 같은 미래를 외상 하는 거죠
외상은 어림없다는 가게 앞이에요

체르니 손가락을 파는지 궁금해요
다섯 살에 열리는 앵두나무도 파나요?

손톱을 바짝 깎은 햇살 아래
은행을 털어요 외상은 문제없어요

호수 빼기 참새

그녀는 호숫가에 서점을 냈다
바다 끝에 있는 집처럼 누워 있는 책방

감기보다 우울이 자주 왔다
나는 비타민 U가 필요해서
양배추 호수에 자주 갔다

주말에도 사람은 별로 오지 않았다
나는 시인이 아니고 비타민이 부족해서
가끔씩 드나드는 얼굴에 주석을 달았다

하얀 실뭉치를 삼킨 자작나무가 잎을 뒤집고 있다
비 맞기 전에 어서 와 꽃송이 만 한 비밀 속으로
이것은 시가 아니고 비타민 U가 아니고

호수 사용법을 모르는 그녀는
롤러스케이트를 타는 아이처럼 파슬리 향처럼
하나둘 불이 꺼지는 대화 속으로

어떤 새가 날아오기를

커다란 새 떼가 날개를 치고
하이든 소나타가 흘러넘치는
호수의 손바닥 위로 우울이 내려앉는다
조명 사이로 별은 볼 수 있으니까 우울아

돌멩이 하나 빼내면 산 이름이 바뀌고
호수에 돌을 던지면 바삭
한 말을 앵두처럼 뱉어놓는다

센 불에 청어를 굽던 그녀가
호수에 돌을 던지는 아이를 본다

기러앉는 호수를 두고 참새기 날이 올랐니

윤숙노*

소매 길이를 잰다 풀어진 머리칼을 제치면서 잰다 짜증
낼 수 없다 귀신은 아무 때나 팔을 내주지 않으니까

버선을 넣어 만든 액자가 기울어 새벽종이 울린다 애썼다
고 입에 땅콩 알사탕을 넣어준다

나이를 먹지 않아서 귀신은 존댓말이 필요하다 할머니는
귀신이 잘 보여 존댓말이 필요 없다

귀신은 옷고름 길이가 봄날보다 짧다고 투정했다 섭섭해
서 할머니는 남산에서 목련처럼 울었다 붉은 치마가 더 붉
은 날이었다

귀신은 금박을 무서워한다 금박 속에 귀신이 산다고 믿으
니까, 할머니는 금박을 좋아한다 샛노란 끝동에 복복　자를
찍었다 귀신처럼 감쪽같다 할머니가 귀신처럼 웃는다

소매에서 팔을 뺄 때마다 소매가 생겨났다 쉬지 않고 팔

을 만든다 팔은 소매를 만들고 소매는 귀신도 모르게 팔을
만들고

이제 색깔 옷은 지겹다고 할머니는 종로 주단 골목이 꽉
차도록 검은색 당초무늬 갑사를 펄럭거렸다

이상하게 어둡지 않아, 목이 쉬도록 종이 울렸다

치마에 밟혀 넘어져도 귀신은 씩씩하게 팔을 내밀었다 알
사탕을 물리면서 술 없는 머리칼을 쓸어 넘기면서 할머니
는, 밤새도록 그림자 없이 바느질이다

* 한복 명인.

타령의 끝판왕

어매는 모시 판 돈 이만 칠천 원을 길산장 투전판에서 다 날려버렸다네 선무당 같은 짓거리로 시든 풀떼기 되어 친정으로 들었는데 데리러 오는 사람 없다고 부아가 치밀었네 시집올 때 갖고 온 이불 보따리 싸이고서 말리는 시누이 손 엉거주춤 뿌리치고 늙은 감나무 아래로 영 사라졌다네 귀 따갑게 불렀던 팔자타령만 늙지도 않고 따라다니네. 앉았다 섰다 서천장 오줌 질질 질미장 땅을 판다고 판교장 어매는 지금 어느 장에서 패를 쪼고 있을까 **장타령**

오일장을 신으로 섬기는 어머니는 봄이면 앞산 올라 더덕 캐고 도라지 캐고 가을이면 씨 뿌린 고들빼기 자연산이라고 뻥 치면서 내다 판다 추석 지나 슬근슬근 톱질해서 바가지를 만든다 요즘 바가지 인기 최고라는 얼굴에 박꽃이 핀다 설익은 박 끓이면 쭈그렁바가지 되는데 아버지 설렁설렁 박 따올 때 알아봤다 확성기로 틀어대는 핀잔이 어째서 내게로 와서는 자꾸 웃음이 될까 **박타령**

궁남지 연꽃은 비바람에 다 엎어졌다 연밥이나 먹고 가

자던 식당 마당 가엔 벼슬 높은 수탉 한 마리와 뽀얀 암탉
두 마리 수탉은 구경꾼을 빤히 노려보다 속 타는지 달덩이
같은 멜론을 쪼아댄다 저 수탉 잡으면 멜론 냄새나려나? 닭
들은 호강하네 물 대신 멜론 먹고 여자들 온통 멜론에 관심
있다 남자들 메롱~ 멜론에 관심 없다 상팔자네 저 수탉은
첩도 데리고 살구 **첩타령**

쭉정이로 시작해서 휘몰아치는 타령은 고꾸라지지 않고
타령에서 타령을 넘어간다

봄딸기푸딩 말지나 고추잡채 말뛰나

당근 빛 흙길을 달려요 말지나

씀바귀 눈빛은 무시해요
서로가 다른 곳을 보는 가족사진을 지나
아무거나 잘 자라는 생태공원을 지나

환승은 막 구워낸 구파발처럼
파프리카 콩나물 굿모닝 꽃빵

물을 좋아하진 않지만
바다가 보이는 언덕은 좋아해요
같은 말을 반복하는 꽃집은 시들고
타이레놀이 쌓여있는 정류장은 지나쳐요

계란이 돌아오고 청포도가 익는 다시마숲에서
뼈에 좋은 글루코사민 광고 중이에요

세례명 말지나 칭기즈칸 말뛰나

거미줄 치지 않는 거미를 들여다보는
휴식 같은 보조 열쇠는 없어요
벚꽃 엔딩 컬러링 어서 오세요

몸살에 마침표를 찍으면 봄이 오나요
먹구름과 꽃무늬 원피스를 구별하진 않아요
살아날 것 같지 않은 오늘이 어금니 물고 말달려요

가뭄이 갈비뼈까지 스며들면 비가 오겠죠
웃으면 살아나는 우거진 풀밭으로
갈기를 휘날리면서 말뛰나

사랑가를 부르면서 적진을 말달려요

각주

우리는 같은 별을 보면서 다른 그림을 그린다
방문을 닫거나 계란을 깨거나 선풍기를 회전하면서

자기 집착을 검색하면
명상에 잠긴 새벽 4시가 달려 나오고
볼륨 있는 아침을 맞기 위해
상추쌈을 싸고 연근 샐러드를 먹고 매운 고추를 씹는다

방문 앞에 새카만 개는 아침저녁으로 살아있다
꼬리치면서 달려드는 황당함이 소설 한 대목처럼
순하다는 말을 어떻게 순화시킬까
신맛 나는 황태포 같은 얼굴로

전적으로 늑대에 가까운
부채를 들면 달려들고 쥐포를 주면 돌멩이를 물어주는
오호!
이런 개가 있다니 명작동화를 쓴다

우리는 서로를 지나치지 않고 거미줄에 걸린다
끈적거리는 얼굴에서 얼굴을 떼어내도 눈꺼풀이 떨리는
철포나리꽃 터지는 소리를 옮겨 적는다

어떻게든 우리는 우리를 빠져나가자고
거위 카페에서 소금 커피를 마신다

기가 막히다는 풍경은 어디 갔을까
손바닥만 한 저수지가 가물거린다

눈이 오면 저 산이 거위 같아요

눈이 오려면 멀었고 거위는 소금을 모르고 커피는 흔해서
눈 내리는 거위가 궁금하지 않다
우리는 거위를 권고하지 않는다

커피 대신 소금을 핥는
흔한 풍경은 먹지 말아요

대화 없이 뿔을 두고 나왔다
서울엔 언제 가요?

스노우볼
— 강마을 문학관

강물에 갇힌 이곳은 스노우볼 같아 강물이 넘쳐도 잠기지 않고 강물 속에서 흔들려도 깨지지 않아 내 별명은 물범, SF 판타지 소설이 잘 팔리면 언젠가는 남극으로 가서 덩치 큰 웨들물범의 포슬포슬한 배를 마음껏 만질 것이다 *에그레그 핍쉬 물범물범물범* 물범 공화국의 주문을 중얼거리면서 강 눌이 휘돌아 가는 모래톱에 앉아 물범을 기다린다 첨벙거리면서 내게로 오는 물범 나는 뒹굴어도 팔다리가 생기지 않아 손을 내밀어 봐 놀아도 돼 물범, 어른은 이렇게 친구를 사귀는 거지 나보다 밝은 곳에 서 있는 시인과 함께 마지막 주 수요일 공짜 영화를 보고 눈송이 꾹꾹 뭉쳐 판타지 케이크를 만들까 아니면, 오늘 밤 백 년 만에 붉은 달이 떠오른다는 주천강酒泉江에 나갈까 술이 흐르는 깅이라니 시인과 나는 맥주를 마시면서 흘러갔던 술에 대해 강물 따라 구르는 붉은 달에 대해 얘기했다 취기가 오른 강물이 출렁거렸다 *눈보라 칠 때 별자리 없이 서울로 가나?* 대답 대신 함박눈이 쏟아졌다 눈송이 다음에 오는 밀은 눈송이 나는 불범을 따라 강물 속으로 달아나다 순간, 눈송이로 깨어났다

서울엔 언제 가요

— 백년 문학관

양배추밭을 지나면서 푸른 기상을 본받자고

백 년 된 뽕나무 아래서 백 년의 마음을 나눠 갖자고

토요일엔 강가를 걷고 두부조림을 할까

병아리콩처럼 뾰족한 입을 내밀고 웃으면서
내일은 서리가 내릴 거라고 했다

똑,
소리를 내면서
손바닥만 한 뽕잎이 떨어지기 시작했다
서리의 무게를 견디면서
똑, 똑,
황금빛 하늘은 계속해서 태어나고
우리는 침착하게 가라앉는 기분

표정 없이 정다워서 사진을 찍었다

영상은 지우지 않을 거야
백 년 동안 복 받는 느낌이거든

벽에 걸린 그림처럼
적당한 방향으로 기울어지는 날을 견디면서

서리를 밟고 다녀도 차갑지 않았다
우리에겐 서리를 견딜 수 있는 무게와
아직 꺼내지 않은 잎사귀가 있으니까

하루 세 번 지나가는 파란 버스가
누군가를 어디로 데려가고 있다 우리도
어딘가로 가서 백 년을 살고 싶어서
발가락사이로 모래알이 파고들었다

카나리아

선반이 떨어지는 꿈을 꾼다
사과를 얹어놓았을 뿐인데

코끼리를 생각하는 동안 카나리아가 나오고
뿔을 밀어내는 동안 무표정한 부리를 선택한다
노랫소리를 따라 웃지 않는 입을 삼킨 도마뱀이
달력이 넘어가지 않는 자리에서 꼬리를 잘랐다

사과는 떨어지면서 뿔이 사라지고 꼬리가 자라나
노래는 없고 깜깜한 소리가 자란다

한 번도 쳐다본 적 없는 선반 위로
카나리아의 하늘이 뜬다

가시가 돋는 것들은 언제 카나리아가 되나

사과를 캐야 암호를 푸는 광부들
파란 새의 눈을 꺼내는 마녀 같은 소녀

밤 9시에 피는 나팔꽃의 목소리를 갖지 못한다

바람도 소원이 없는 날엔 귀를 닫지 않아서
옥수수와 콩이 함께 자라는 소리를 듣는다

우리는 어떤 노래를 따라 불러야 아무 말 없이
카나리아의 세계로부터 멀어지나

달 없는 날 쉬지 않고 종합비타민을 흔들어
죽은 사람도 살린다는 복숭아나무 가지를
수북하게 사월에 쌓아놓고

조금 전 버려진 이름
조금 전 생겨난 노래로

어느 계절에
사과꽃은 무엇으로 피는지 묻지 않았다

헤링본*을 분다

색깔 없는 밤이면 물을 훔치기 좋았다
거꾸로 선 세상은 자물쇠가 풀려있고

발끝으로 오는 환상을 따라 가면
의심 없이 자라던 청어 한 마리

훔칠 수 있는 곳에서부터
흰 뼈가 돋아났다

심청색 반점을 지우고
은백색 배가 번들거렸다

비린내를 듣는 귀가 휘어지는 밤

뼛속에서 꿈틀거리는
자물쇠의 각도

엇박으로 물결을 갈아입는다 헤링본을 분다

천 개의 달이 떠오르듯
바다를 켜는 청어 떼

공기 방울 기른을 짖히고
나를 헤엄쳐 온다

일흔네 개 척추마다 청어를 켠다
낮은음을 켠다

발끝으로 돌아오는 휘파람 소리
색깔 없는 밤이면 습관처럼 청어의 시간이 온다

* herringbone, 청어 뼈 무양 또는 그렇게 끼맞춘 무늬를 가리킨다.

오늘의 추천 토끼

달리기도 못하고 태평하지도 않다는 이야기였다 나는 비
범하게 뛰어내리는 발빠른토끼 목매단토끼 칠십리토끼 절
벽을모르는토끼에 관심 있다

최선을 다하지 않아도 눈이 빨개졌다 당근을 지나 씀바귀
에 도착해서 태평한 질문을 던졌다 눈송이 대신 토끼를 던
지고 눈송이에 맞아 토끼 귀가 길어진다는 허무맹랑한 집중
력을 길렀다

두부 대파를 썰고 청양고추를 다져 토끼전을 부친다 뒷면
이 타고 있다 뒤집으면 토끼풀이 쫙 깔렸다 그러니까 숨 막
히는 짧은 다리가 타고 터무니없는 빨강이 타서 곱슬곱슬

털실로 뜬 어제의 토끼는 귀가 커서 자꾸 쓰러진다 쓰러
지기 위해 서 있지 못하고 쓰러진다 사진을 찍었다 셔터를
눌러도 이상하게 찍히지 않는, 첫눈은 멀었는데 꿈쩍하지
않는 토끼는 오늘의 추천을 외면한다

어두운 공원에서 꼬리에 등을 켠 피크닉 토끼 밤새 꼬리
를 번쩍거리다 그림자를 갉아먹으면서 기다란 귀를 어깨 휘
도록 걸치고 서서 윤달에는 토끼가 없다고 내성적인 망토를
두르고 상관없는 춘천행 전철이 지나가는 것을 보면서 관상
용 눈이라도 내릴까 발이 쑥쑥 빠지도록 나타샤를 찬미하는

넷플릭스에서 동물 다큐멘터리를 본다 벼랑을 무릅쓰고
뛰어내리는 토끼는 산양 같아서 토끼로 보일 때까지 눈을
비볐다 침대 머리맡에 풀어놓은 복고풍 토끼는 살찌고 토막
나서 마감뉴스가 끝날 때까지 오늘의 토끼에 추천되지 않았
다 유구하게 앉아서 뛰어내릴 수 있는 벼랑을 기다렸다

무의식 속 질서를 찾아가는 매혹

이승희(시인)

무의식 속 질서를 찾아가는 매혹

우리는 시를 쓰며 모르는 곳으로 가려 한다. 그런데 정말 모르는 곳으로 갈 수 있을까? 모르는 곳을 어떻게 갈 수 있을까. 가장 먼저 시작되어야 할 것은 내가 모른다는 것을 아는 일이다. 모른다는 것을 알면 두려워질 수도 있겠지만 거긴 내가 한 번도 가보지 못한 곳이므로 이제 거길 걸어가 볼 수도 있겠다는 각오와 결심의 마음이 가능해지고 시작되기도 한다. 또 한편으로는 우리가 안다고 생각하는 세계는 정말 아는 것일까에 대해서도 질문해야 하고, 알고 있다고 생각하는 인식이 과연 무엇을 알고 있는 것인지에 대해서도 질문하고 싶어진다. 그래서 모르는 곳으로 간다는 것은 단순히 무엇을 알고자 한다거나 알게 되는 것을 의미하지는 않는다. 우리가 사는 세계는 모르는 것으로 가득하지만 우리는 또한 시를 통해 모르는 곳을 직관적으로 이해하게 되는 세계이기도 하다.

이신율리 시인의 시집에서 가장 주목할 점이 있다면 우리가 알고 있다고 믿는 세계 속에서 모르는 세계를 불쑥 끄집어내거나 우리가 모르는 곳이라고 생각하는 세계 속에서 이미 우리가 알고 있었으나 인식하지 못했던 세계를 또 불쑥 꺼내 든다는 것이다. 이때 발생하는 긴장감은 끊임없이 시인의 시 세계에 대해 집중하게 만들고 있으며, 시인이 재구성하고 새롭게 배치하는 세계 속에서 우리는 생각히지 못했던 세계를 만나는 회열을 경험하게 된다는 것이다. 시를 쓰는 일이 이 세계의 단체성이나 획일성이 아닌 개인의 고유성을 향해 가는 작업이라는 것을 이신율리 시인의 시가 바라보는 방향을 보면서 다시금 확인할 수 있었다.

여기와 저기는 어떻게 다르고 같은가

내가 '여기'에 있다면 '저기'도 있다. 아니 '저기'가 생겨난다. 내가 '저기'로 가면 '저기'는 '여기'가 되고, 거기에서부터 또 다른 '저기'가 생겨날 것이다. 어쩌면 '저기'는 끝내 닿을 수 없는 곳일지 모른다. 내가 모르는 것을 알게 되면 새롭게 모르는 곳이 생겨나는 것과 같다. 그러나 여기와 저기가 공간만을 의미하지는 않는다. 여기의 현실과 저기의 또 다른 현실 혹은 여기의 현실로서 만들어지는 저기의 현실도 가능할 것이다.

죽는 사람들 사이로 날마다 비가 내린다
사과는 쓸모가 많은 형식이지 죽음에도 삶에도

수세미를 뜬다 사과를 뜬다
코바늘에 걸리는 손거스러미가 환기하고 가는 날씨
를 핑계로 미나리전이나 부칠까

쫑쫑 썰어대는 미나리가 뒤섞인들 미나리
탕탕 오징어를 치며 바다가 보인대도 좋을

다행히 비 내리는 날이 많아 그 사이로 사람이 죽기도 한다
올리브 병에서 들기름이 나오면 핑계 삼아 한 판
사과나무에서 다닥다닥 열린 복숭아를 다퉈도 되고
소금 한 주먹 넣으며 등짝도 한 대

단양과 충주 사이에 스페인을 끼워 넣는다
안 될 게 뭐 있어 비도 오는데
스페인보다 멀리 우린 가끔 떨어져도 좋을 텐데

철든 애가 그리는 그림 속에선 닭 날개가 셔터를 내리고 오토바이를 탄 새가 매운 바다에서 속옷과 영양제를 건져 올렸다 첫사랑의 정기구독은 해지했다

꽃병에 심야버스를 꽂았다 팔다리가 습관적으로 생겨나는 월요일, 아플 때마다 키가 자라는 일은 선물이었다

불꽃이 튀어도 겁나지 않은 나이는 이벤트였지

단풍 들지 않는 우리를 단양이 부른다 스페인은 멀고
안전벨트를 매고 접힌 색종이처럼 사진을 찍는다

여전히 비가 내리고 누군가 멀리 떠난다

— 「비 오는 날의 스페인」 전문

단양과 스페인 사이에 시인이 있다. 시인의 세계가 있고 마음이 있다. 그 둘의 공간성은 여기와 저기일 수 있지만 그 두 공간 사이에 시인이 있다면 그 둘은 연결된 공간일 수 있다. '사이'는 한 곳에서 다른 곳까지의 공간, 거리이자 공간인 동시에 어느 곳이 아닐 수도 있으며, 어느 곳일 수도 있다. 이 작품의 매력은 여기에서부터 출발한다. 시간 혹은 공간을 겹쳐

놓는다면 어떤 모습일까. 단양과 스페인은 어떻게 겹치고 어떻게 따로 있는가를 생각할 때 세계는 마치 살아있는 것처럼 이동한다. 움직인다. 이것은 시인이 세계를 바라보는 방식일 수 있고, 이를 통해 세계를 재구성하려는 의지일 수도 있다.

죽음으로 나타나는 상실은 필연적으로 여기가 아닌 저기의 어떤 곳을 만들어 낸다. 이것은 물리적 죽음의 문제만은 아닐 것이다. 사라지고 새롭게 나타나는 모든 것의 문제일 수 있다. 어쩌면 지금을 살아가는 모든 사람의 문제인 것이고, 시인의 시선은 그 놀라운 비밀을 꿰뚫고 있는 것이다. 그런 면에서 상실과 단절은 "아플 때마다 키가 자라는" 선물이 될 수 있고, 우리는 언제나 "여전히 비가 내리고 누군가 멀리 떠나는" 여기의 현실에 발 딛고 서 있는 것이다. 이 같은 방식은 지금의 여기를 다르게 보는 방식이자, 그런 다름을 통해 자신만의 세계를 구성하는 방식이 되기도 한다. 원래의 장소와 이국적인 다른 장소의 겹침을 통해 지금 여기에 대한 새로운 이해의 방식을 제시하는 셈이다.

한편으로 이 같은 새로운 세계 건설은 자신의 고유성을 발견하려는 지극히 현실적인 이유일 수 있으며, 동시에 보는 이에 따라서는 아주 오만하게 보일 수도 있겠지만 시인은 그런 것에 크게 개의치 않는 태도를 보인다. 아니 더 나아가 그런 모습을 전면에 드러내기도 한다.

아는 과자는 어제 다 사라졌어

달콤한 맛을 알기 전에 사라져서 다행이야

사과는 계모가 다 먹어 치웠지 내겐 사과 대신 다크 초콜릿만
주고

유혹하지 마, 모르는 것은 달콤하지

계모를 동그랗게 뭉이 마카롱을 만들었어

빨주노초파남보 다음은 분홍이 되는 이상한 나라에서

서로 모르는 가족끼리 식탁에 둘러앉아 거짓말 두 개 넣고

맛없는 크림이 자랄 때까지 과자는 햇살의 공식을 모른다고 했지

빵, 터지는 멘토스와 다이어트 콜라 폭발하는 계모가 좋아

폴란드 초코와플 테니스공 껌 턱 빠지는 풋젤리 모르는 과자 주
세요

— 「모르는 과자 주세요」 부분

시인에게 고유성의 발견은 매우 현실적이며 동시에 가장

근본적인 문제이다. 시를 쓰는 일 자체가 모르는 곳으로 가는 것이라고 정의해도 무방하기 때문이다. 다만, 이러한 생각에 이르자면 지금의 여기에 대한 내적 욕망의 결핍이나 경계 너머의 욕망이 단단하게 뭉쳐질 때 가능한 것일지 모른다. 시집 전편에 걸쳐 그러한 시인의 세계 인식은 자주 등장하는 편이지만 보다 직접적으로 보여주는 시 중의 한 편으로 읽힌다. '달콤한 맛을 알기도 전에 사라진 세계'에서 "서로 모르는 가족끼리 식탁에 둘러앉아 거짓말 두 개 넣고", "맛없는 크림이 자랄 때까지 과자는 햇살의 공식을" 모르는 세계, "아는 과자가 모르는 과자를 모른다고 먹어"치우고, "계모의 주머니가 깊어지고" 있는 세계. 이것이 여기의 세계에 대한 인식이라면 시인이 꿈꾸어야 할 '저기'의 세계를 우리는 떠올려 볼 수밖에 없다. 이 세계의 계모는 폭발해야 하고 우리는 모르는 세계를 꿈꾼다. 두려운 일이 될 것이고, 실패할 지도 모르지만, 그런 결과를 두려워한다면 우리가 꿈꾸는 세계는 생겨나지 않는다는 것을 확신하는 모습에서 시인의 의지를 거듭 확인하게 된다.

저기의 세계는 어떻게 생겨나는가

그렇다면 시인은 어떤 세계를 열망하는 걸까. 그 신비로운 세계의 이미지들 또한 시집 전편에 걸쳐 많은 이미지로 그려지고 있다. 이 세계로부터의 멀어짐에 대한 두려움과 설렘이 동시에 자리하고 있으며, 내적 갈등과 쓸쓸함의 모습들이 다양한 스펙트럼을 투영한다. 그런 점에서 여기와 저기의 겹침은 두 곳 모두에 대한 동시성이기보다는 하나의 중심 부재로 읽히며, 이는 시인의 존재성이 어느 중심에도 들어가지 못한 주변인 혹은 경계인으로 인식하고 있을 가능성도 내재한다. 그럼에도 그러한 내적 갈등부다는 끊임없이 여기보다는 저기에 대한 열망을 드러낸다는 짐에서 시인의 지향점을 짐작해 볼 수는 있다.

항아리에 고양이를 심었다
자라지 않는 고양이 그러니까
누워서도 이해하기 쉬운 그림

고양이는 나비를 기다린다
그건 기다리다 지친 화가의 마음

춘분은 아직 멀었다
한 시간째 고양이는 나를 보고
나는 고양이가 자라길 기다리고

우리는 자라는 걸 잊어버리고

잔치국수 먹을 시간 털이 날린다
주말 아트센터 세탁소 습격 사건
희망 도서에 살림을 차리면
수리 중인 엘리베이터는 4층에서 멈추고
모네의 정원에서 고양이가 핀다

— 「국민은행 달력 3월에는」 부분

달력은 과거와 현재, 미래 모두를 표현하지만, 기본적으로 미래의 시간이다. 항아리에 고양이를 심거나, 자라지 않는 고양이 그림처럼 욕망의 크기와 현실은 늘 다르다. 문제는 그것을 인식하고 어떻게 대응할 것인가의 문제일 텐데, 여전히 생각하고 꿈꾸고 기다린다. 그러나 이런 기다림이 오직 무기력한 것만은 아니다. "춘분이 울창해지길 기다린다/호주머니를 뒤지면 모르는 숫자/괜찮아, 아직 도착하지 않은 수목금토성이 있으니까/화장품 샘플이 굴러떨어진다"거나 "고양이가 항아리에서 나와 허리를 편다/발톱이 자라는 종이꽃이 한 송이씩 피고 있다"(같은 시 뒷부분)처럼 기다림은 확신에 가깝다. 어설픈 희망을 말하기보다는 실패의 각오처럼 단단한 희망. 그것이 시인의 기다림에 가깝다. 그뿐인가. "코끼리를 생각하는 동안 카나리아가 나오고/뿔을 밀어내는 동안 무표정한 부리를 선택한다/노랫소리를 따라 웃지 않는 입을 삼킨 도마뱀이/달력이 넘어가지 않는 자리에서 꼬리를 잘랐다”(「카나리아」)처럼 기다림 속에서도 지속되는 고난이 있고, 그럼에도 주체적 선택을 통해 기다림을 완성하려는 태도 역시 감지된다.

그런가 하면 그가 꿈꾸는 ‘저기’에 대한 모습의 일부를 달력의 또 다른 이미지를 가져온 시 「내일, 인도 딜럭」에서 찾아볼 수 있다. “비 오는 수요일을 찾아야 문제를 풀 수 있지/오답이 늘수록 경쾌해져/스트라이프 티셔츠처럼 괴담을 걸치고/내년 달력 속 수다스러운 동물원으로 놀러 와/꽃 양산 쓰고 새로 산 블라우스 입고/노랑과 샛노랑과/사바나캣을 만날 때까지만//가끔 세상에 없는 안부를 물으며 찌개가 끓어/저울로 잴 수 없는 내일도 동물에 포함할까 봐”.

결과적으로 시인은 지금 ‘여기’의 실체적 진실보다는 여기가 아닌 ‘저기’의 실체적 진실을 탐구하는 모습에 더 열중인 듯하다. 이것 역시 ‘모르는’ 것에 대한 강렬한 열망의 자세일 것이지만 이것이 여기에 대한 소홀함은 아니다. 오히려 ‘저기’를 통해 ‘여기’를 드러내려는 태도에 더 가까운 것으로 보인다.

멀리까지 가보는 그리하여 사라진다 해도

시인들에게 있어 기존의 익숙한 관습을 무너뜨리려는 시
도는 꾸준히 계속되어 왔으며, 이것은 앞으로도 변하지 않고
지속될 수밖에 없는 명제임이 분명하다, 그 과정에서 다양한
시도의 방법들을 만나 온 것도 사실이다. 그러나 이신율리 시
인이 보여주는 방식은 익숙한 여기의 세계 너머 우리가 모르
는 저기의 세계를 직·간접적으로 드러내는 방식 속에서 차별
화된 방식으로 시의 고유성을 보여주고 있다. 그 과정에서 우
리는 질문하게 된다. 무엇을 위한 파괴이고 해체인가. 기존의
질서 혹은 가치들이 담아내지 못하는, 담아낼 수 없는 보다
아름다운 세계는 어떻게 만들어질 수 있는가. 이신율리 시인
의 시 세계에 나타나는 관습화된 일상의 갑작스러운 변용과
중지는 새로운 '저기'로서의 삶을 상상하고 활성화하는 힘이
넘친다. 이러한 시적 변용은 현실로서의 '여기'에 대한 시선을
급격하게 변화시키며 동시에 이에 따라 이 모순된 세계를 적
나라하게 알리고, 그 자체를 이해함과 더불어 이를 바탕으로
새로운 세계를 꿈꾸고 건설하려 한다는 데에서 그 의미를 찾
아볼 수 있다. 결국 시공간의 겹침을 통한 해체와 재구성 그
리고 현재로서의 여기에 대한 다양한 전복의 이미지들은 세
계를 바라보는 시인의 고유성이 돋보이는 부분이다. 단일한

지층 구조가 아닌 다층 구조를 만들어 냄으로써 의미의 다의
성을 생성한다. 이질적인 대상 속에서 찾아내는 갑작스러운
유사성, 논리적 법칙을 넘어서 우리가 공유할 수 있는 유사성
을 발견하는 일, 강렬한 이미지의 증폭을 통한 새로운 의미의
부여 등 시인만의 개성적인 모습이 그런 고유성을 만들어 내
고 있다.

이 높이는 처음이야
먼저 말을 기는 메아리에 고백했어

해바라기는 해바라기 사이에서 빼곡해지고
우리는 해바라기 사이에서 가벼워지고

뛰어내릴 때의 표정을 해바라기 높이라 부르자
궁금할 때마다의 하늘도 해바라기 높이라고 부르자

풀밭에 나란한 열여섯 살과 열일곱 살의 차이
그만큼의 먼 곳이 필요해서
해바라기는 부재중

— 「우리가 해바라기를 뛰어내릴 때」 부분

모르는 곳은 모르는 곳이다. 그러나 모르는 곳은 우리가 아는 여기로부터 시작되고 보이지 않을 뿐 단절된 세계는 아니다. 그래서 우리는 그 사이에 존재할 수 있고, 그 사이에서 길을 잃거나 찾아가려는 노력을 할 수 있게 된다. 모르는 곳에서는 모든 게 처음이고 언제나 처음이다. 어떤 높이든 어떤 바닥이든 그렇다. 모르는 것이 가득하고 나 역시 모르는 것으로 놓인다. 그러나 중요한 것은 모른다는 것이 아니라 내가 모르는 곳에 있다는 사실, 이미 들어왔다는 사실이다. 이 말은 내가 꿈꾸던 '저기'가 '여기'가 되고, 내가 떠나온 혹은 떠나고 싶었던 '여기'가 '저기'로 보인다는 것. 어쩌면 이제 비로소 원래의 '여기'를 바라볼 수 있다는 것, 이것이 이신율리 시인이 찾아낸 크고 아름다운 세계일 것이라 생각된다.

그렇다고 해도 어느 세계든 고단할 것이고 또 그래야 한다. '저기'의 세계는 또다시 만들어지고, 무수히 만들어질 것임을 알기 때문이다. "돌멩이 하나 빼내면 산 이름이 바뀌고/호수에 돌을 던지면 바삭/한 말을 앵두처럼 뱉어놓는다//센 불에 청어를 굽던 그녀가/호수에 돌을 던지는 아이를 본다//가라앉는 호수를 두고 참새가 날아올랐다"(「호수 빼기 참새」). 그러니까 다시 생각해 보면 '여기'로서의 세계와 '저기'로서의 세계는 "돌멩이 하나 빼내면 산 이름이 바뀌"는 그런 세계일 수도 있다. "감기보다 우울이 자주" 오고, "호수 사용법을 모르는 그녀는/롤러스케이트를 타는 아이들처럼” 위태하고 불안하다. 그러나 결국은 “가라앉는 호수를 두고 참새는 날아”오른다. 이런 믿음으로 시인은 욕망의 부재와 결핍을 견디고 건너가는 중일지 모른다. “소매에서 팔을 뺄 때마다 소매가 생겨났다 쉬지 않고 팔을 만든다 팔은 소매를 만들고 소매는 귀신도 모르게 팔을 만”(「윤숙노」)드는 귀신처럼 말이다. 그럼에도 우리는 불안 속에서, 의심 속에서 자유로울 수 없다. 그러나 다시 한번 그럼에도 “씀바귀 눈빛은 부시해요/서로가 다른 곳을 보는 가족사진을 지나/아무거나 잘 자라는 생태공원을 지나//환승은 막 구워낸 구파발처럼/파프리카 콩나물 굿모닝 꽃빵//물을 좋아하진 않지만/바다가 보이는 언덕은 좋아해요/같은 말을 반복하는 꽃집은 시들고/타이레놀이 쌓여있는 정류장은 지나쳐요”(「봄딸기푸딩 말지나 고추잡채 말뛰나」)라는 시인의 나지막하지만 타협하지 않는 마음을 봐야 할 것이다. ‘모순’은 어쩌면 서로 다르거나 맞지 않음이 아니라 서로를 비로소 이해하는 방식이라는 것을 따뜻하게 말하고 있는 지도 모른다.

“발끝으로 오는 환상을 따라 가면/이신 없이 지리던 칭이 한 마리”가 시인이고, “훔칠 수 있는 곳에서부터/흰 뼈가 돌아”(「헤링본을 분다」)나는 사람이 시인일 것이다. 어쩌면 지금 현재의 시인 모습을 가장 정직하게 드러내고 있는 것 같다. 이 시집이 시인의 첫 시집이라는 데에 놀라운 마음이 큰 만큼, 이제 시인이 앞으로 열어갈 또 다른 무수한 여기와 저기의 세계를 통해 어떻게 자신만의 세계를 쌓아가고 허물며 건설할 지를 기다리고 응원하는 마음이 생겼음을 진심으로 기쁘게 생각한다.